KB133583

생명연습

김복희 시집

문학사계

시인의 말

봄꽃들이 앞을 다투어 피어나는 계절입니다. 삶속에서 소중한 순간들을 포착한 시들을 모아 제4시집을 펴내고자 합니다.

시란 생활의 질서화라 들었습니다. 무질서한 삶속에서 언어를 통한 질서화라 여겨집니다. 본래의 나와 비 본래의 내가 상충하는 가운데, 아름다움을 찾아내는 게 시가 아닌가 하는 생각이 듭니다.

예측할 수 없는 순간을 만날 때마다 되돌아보며 반성하는 수행의 시간이 시의 창작에 도움이 된 것 같습니다. 아직은 글 때를 벗지 못하여 떫은 언어지만 앞으로 단맛이 나는 홍시처럼 될 때까지 열심히 쓰며 정진하고자 합니다.

언제까지나 향기로운 시어로 거듭나도록 진력하면서 아름다운 시의 화원을 꾸미렵니다.

2019년 4월 지현 김복희

차례

제3부 | 채워지는 삶

제1부
꽃샘바람 불어도

꽃길

어둡고 험한 길
뚜벅뚜벅 걸어서
여기까지 왔네.

바람 불면 부는 대로
눈보라치면 치는 대로
심장에 불 질러 꽃대궁을 키우며
모진 세월 녹여서
시의 꽃을 피우며 왔네.

뒤 돌아볼 수 있고
정진할 수 있는
아픔도 꽃이 되는
수행의 시간

당신이 있어 행복했다고
연꽃 한 송이 들어 올리네.

손등

세상 무게에 눌려 신음하던
작고 얄팍한 살갗위에
푸른 실지렁이가 기어간다.

한평생 올곧게 살려고
바둥거린 몸 운신을 못하고
엉거주춤 튕겨 나와
가쁜 숨을 몰아쉬며 누워있다.

떨리는 가슴 내 영혼 깊숙이 불타던 욕망
버거운 삶속에 묻혀
빛깔도향기도 없지만

투박하고 거친 손등에
울퉁불퉁 줄지어 가는 실핏줄
세월의 나이테 선명하다네.

다낭 마사지

소나기가 파밭을 거닐 듯
발가락 사이사이를 조근조근 걷는다.

매끄러운 피부에 고운 손가락
마디마디 건반을 두드리듯
열정이 달아오르면
똘똘 뭉친 알 근육이 요동을 친다.

어깨, 허리, 다리, 방광까지
어둠속 광맥을 뚫는 광부처럼
원시에서 현대까지
삶의 여정 속을 달려간다.

타국 땅 베트남 도시에서
아릿다운 처녀가 혼신을 다해
정성을 풀어놓으면
젖은몸 안에서 연두빛 날개가 돋는다.

허기

먹어도 먹어도 채워지지않는 속
어머니 떠나시고 비워버렸는가

험한 세상 살려면
뱃심이 있어야 하는데

눈보라 추위 속에 굶주리던 기억
먹을 것 너무 많아 골라 먹어도
속은 왜 이리도 허전한지

먹어도 먹어도 채워지지않는
허전함이 맴도는 정신춘궁기

가슴 깊이 스며드는 밥 냄새
유년의 허기가 그리워진다.

단풍잎
-김원명 시인 생각

시월 단풍잎은
김원명 선생님의 편지인가.

바바리코트에 내려앉은
꽃비 사연……

하늘로 손을 뻗어
그 연서 받아보면

속타는 가슴 열병으로
빼곡히 적어놓고

노을 속으로 사라져간
야속한 님 붉은 울음이라네.

봄앓이

나무가 몸살을 한다.

두렵고 추운 겨울을
묵묵히 견뎌내느라
균형을 잃었는지
여기 저기 쑤시고 저리는
심한 통증을 겪는다.

이리 저리 구르다가
고통의 고개 넘고 넘어
다듬어진 생명의 시 하나
햇살처럼 반짝이라고
움츠렸던 가슴을 펴고
겨울의 징검다리를 건넌다.

나목(裸木)이
겨울옷 훌훌 벗고 봄을 맞듯
모진 고난 뒤에
자리를 털고 일어나 해후(邂逅)하는
환희의 봄햇살 한아름……

봄꽃
-군자란

겨울을 붙들고 바둥대는 내 곁에
다뜻함을 고요히 속으로 품으며
살며시 다가온 봄의 전령사.

수줍은 듯 몽올몽올 입을 벌리는
홑잎겹잎 엮어진 오묘한 얼굴
눈부신 햇살 받아 미소를 짓네.

혹독한 추위가 찾아와도
어머니의 아늑한 오지랖처럼
강인한 꽃대궁 드러내더니
냉기흐른 가슴에 불을 지피네.

수다 꽃
-일본성지순례길

여자 셋이 모이면 접시가 들썩인다 했던가.

파도가 출렁이는 팬스타페리오 룸 안에서
네 명의 도반들이 하룻밤 만리장성을 쌓듯
이야기보따리를 풀어 놓았다.

나는
나만이 캄캄한 어둠속에 갇혀서
살아왔다고 생각했는데
내가 감당할 수 없을 만큼 힘든 삶을 살아온
도반의 이야기를 듣는 순간
알 수 없는 연민이 가슴을울렸다.

수없이 펼쳐지는 수평선을 가르며
수다의 꽃을 피운 밤
어둠의 깊이를 가늠하며 응어리가 녹는다.

하늘에 두 팔 벌리며
아득한 구름 속으로 흘러간 내 젊은 시절을
성숙의 시간이라 여기며
잡고 있던 집착을 내려놓으니
어두운 가슴에 광명이 스며들었다.

생명연습

아침 햇살 받으며
인생열차는 달린다.

홀로 왔다 홀로 가는 길
혼자 가는 연습을 한다.

서로 닮아가며 살다가
훌쩍 떠난 인생의 길동무
차가운 썰물 빠져나가듯
후회의 물결 흘러 보내며 간다.

하늘에는 떠도는 흰구름
땅에는 하류로 흐르는 강물
잠시 떠돌다 가는 듯이
황혼이 짙을수록 열차는 빨리 달린다.

설레임 반 두근거림 반
머지않아 다가올 종착역 생각에
숨을 고르며 눈을 감는다.

꽃샘바람 불어도

내면의 고통을 밀어내며
꽃봉오리 피어 올릴 때
갑자기 불어온 칼바람

혼탁한 세상
메마른 사막을 건너오듯
여기까지 힘들게 왔는데
시궁창에 낙하할 수 있나

독침 같은 말로 상처를 낼수록
더 강하게 솟구치는 생명

고운 숨결로 외로움 삼키며
아름다운 향내 피운다.

매서운 바람이 몰아친다 해도
심지를 곧게 세우며
가지 끝에서 꽃을 피운다.

장마
-신발

오랜 가뭄 끝에 내리기 시작한 비
갈증을 풀기도전에
국지성 폭우로 산이 무너져 내렸다.

오래전
계속 쏟아지는 빗속에서
친구와 함께 개울을 건너다가
예쁜 신발 한 짝이
거센 물살에 떠내려가
맨발로 걸어서 오던
기억이 살아났다.

세월은 흘러갔어도
장마 때만 되면 지워지지 않고
따라다니는 그림자
인생의 비를 맞고 성장한 지금도
절벽아래 낙석처럼 가슴 구르던 기억이
쏟아지는 빗물에 흘러내렸다.

은반지

시어머니께서 끼시던 반지를
시어머니 떠나시고
그이가 이어 끼다가
그 반지 내가 끼고 다닌다.

나의 보금자리 되어주시던
두 분 다 떠나시고 허전하여
몸이 무겁거나 위기가 닥쳐오면
은근히 비비고 싶어지는 언덕,

금에 버금가는 은이라지만
생활의 무게는 나가지 않아도
피안에 이를 때까지 의지하는 뗏목
삭막한 세상에 은밀한 나의 버팀목.

아픈 손가락

형제들을 만나고 온 날 밤
잠이 오지 않았다.

어머니가 그랬던 것처럼
아픈 손가락 뼈마디
신음소리 들리기 때문일까

안 보면 걱정 되고
보면 애처러운 혈육

잘나갈 때 멀리 보지 못하고
우쭐대며 살더니
어느새 아픈 손가락처럼 되었는가

가슴깊이 파고드는 통증으로
업치락 뒤치락 하다 보니
멀리서 닭도 울고 있었다.

전화를 기다리며

어머니 살아생전에
바쁘다는 핑계로
전화 자주 못 드리고도
딸아이 전화를 기다린다.

여기저기에서
문자와 전화가 소나기처럼 쏟아져도
어찌하여 마음이 허전한가.

안부를 묻는
딸아이 촉촉한 목소리
기다림인 것을

내 욕심 채우느라
살갑게 살피지 못한 채
외롭게 떠나가신 어머니 생각에
가슴이 옥죄이지만
여전히 그리움을 안고 산다.

깊어지는 밤

오른 팔처럼 의지하던
딸이 먼 길을 떠났다.

자식을 위한 최선의 길이라
어미의 가슴을
밟고 가는 것이 아닌데
잠이 오지 않았다.

하늘나라도 아니고
별나라도 아닌
우주의 한 귀퉁이 몇 년
허전함을 메울 길이 없다.

호흡명상을 하며
마음의 고요를 갈구하지만
소용이 없다.

빈 가슴에
하루하루 어둠이 쌓여
깊어지는 밤
빛의 속도 같은
세월의 침묵 속에 나를 맡긴다.

속쓰림

겉으로는 괜찮다 하면서
속은 왜 절망의 나락으로 빠지는 것일까

사람과 사람 사이에서
서로 맺은 관계가 금이 가고
상처가 곪아 가면
깊은 우울에서 영영 헤어나지 못하는데

한세상 살면서 변하지 않을 수는 없지만
찰라의 불선으로 따라잡지 못하는 의지
바람 앞에 등불이 되어
쓰린 속을 다소곳이 어루만진다.

누드

대중목욕탕 안에서
누드 작품을 바라본다.

늘어진 젖가슴 아래
덕지덕지 엉겨 붙은 비계 덩어리

머리빗으로
가려운 등을 긁어대며
세속의 때를 벗겨내는 여인

아기를 안고 맑은 눈으로
한없이 응시하는 모정의 여인

문예사조를 살펴보듯이
인생의 열탕 안에서
생활이 그려낸 포즈
삶의 모습들을 바라본다.

나이

싫다 싫다 해도
껌 딱지처럼 달라붙어
속삭이듯 골짜기를 흘러서
어느덧 초겨울이 되었다네.

어쩌다 푸른 잎
젊은이들 앞에 서면
괜시리 주눅 들고
달아 빠진 뼈마디가
삐거덕거리기도 하였다네.

그러나 기죽지는 않는다네.

내게 붙은 가정의 꼬리표 생활만 쥐고
심장에 불을 붙여서
산과들 바다 자연 속을 헤치며
꿈을 향한 길 어디든 달려간다네.

망상 해수욕장에서

언제나 연인끼리 출렁이는 바다
보드라운 모래 위를
맨발로 걷는다.

오늘은 왠지
출렁이는 그대가 달려올 것 같아
가슴 설레는데

수평선에서 파도가 밀려와
두발을 감싸 안는다.
그리움이 바람 되어
물결에 휩쓸린다.

인연의 실이 풀려나간 뒤
너스레떠는 물살에 눈을 팔다가
동해의 맑은 물에 가슴을 적신다.

지리산 천왕봉에서

山人다운 山人이 되려고
법계사에서 여장을 풀고
어둠을 가르며 오르고 있었다.

별빛을 머리에 이고
한발 한발 나아가면서
인생의 고비 고비를 넘고 넘는
장애물 경기를 생각했다.

막막한 어둠
거센 바람이 불어올 때는
어지러운 세상과 맞서며 저항하다
휘청거릴 때도 있었지만
침묵하는 산의 품에 안기어
오르내리기를 반복하였다.

천왕봉에 오를 때
잿빛 하늘을 걷으며 올라오는 여명
긴 수행이 끝난 듯
白雲鶴 너울너울 고요함이 장섰다.

제2부
떠나가는 배

먼 길

시의 길은 멀기만 하다.

내 시가 거칠어서
매끄럽게 굴리러 가는 길

때로는 열이 나고
때로는 배가 아프고
때로는 기침이 몹시 나도

멈추지 않고
두근두근 허둥대며 가는 길
머나먼 길

떠나가는 배

어둠속 그대는
빛을 찾아가는 중

장막이 가리워진
정지된 시간 속에 갇힌
피안 저쪽

하고 싶은 말 가슴에 안고
왔다 가는 인생길에서
어찌할 수 없는
욕심을 내려놓고
서서히 다가서며
맞이하는 운명의 시간

그대는
우주의 바람소리 따라
섭리의 그늘 아래에서
진리의 배로 떠나가는가.

배웅

내 몸이 무거운 건
그대 곁에 앉아 있으라는 뜻이고
내 몸이 저리는 건
그대 눈빛 살피며
수렁에서 건져올리라는 몸짓이다.

그러나 그대가 고통을 노래해도
내가 할 수 있는 일은
떨리는 가슴 토닥이며 품는 일뿐
무거운 다리를 가볍게 하지 못한 채

곁에서 펄떡이는 숨결과
쌕쌕이는 자장가소리 들으며
어둠속을 맴돌다
허공에 손잡고 떠나가는 먼 길
배웅만 하고 있었다네.

그대를 보내고

내 기대에 못 미친다하여
미워했던 그대를 떠나보내고
외로운 길을 헤맬 때

다정한 노부부를 보게 되면
불현 듯
한없이 부러웠다.

시어머니 떠나신 후
우울해한 그대를 왜면한 채
꿈을 향하여 달렸던 일 죄인듯

그대를 떠나보내고
이별을 돌이킬 수 없는 시간에
옹이로 박혀 가슴 누르지만

그리움을 아름다운 빛과 선율로 엮은
바람결 따라 그대를 부르며
가을 길을 걷는다.

안시리움*

언제나 베란다를
환하게 밝혀주던 붉은 미소가

웬일인지 그대 떠나고 나서
시름시름 앓더니
그마저 내 곁을 떠나갔다.

불타는 마음을 삭히지 못하고
떠난 뒤의 휑한 가슴에
바람이 드나들며
가을을 더 깊게 했지만

꽃집 앞을 지날 때마다
활짝 웃는 그를 보면
백팔번뇌가 사라진다.

*꽃말: 번뇌

그리움

머리가 은빛으로 변해갈수록
그대의 멜로디가 거칠어서
귀를 막고 살았었는데
그 소리 사라지니 서운하다.

기계가 낡아 속울음 우는 것을
소음으로 생각하며 피했었는데
시간이 흐를수록 그 소리 그립다,

먼 산에 진달래 피고 뻐꾸기 우는데
가는 곳마다 그림자 늘이는
공허한 메아리가 엄습한다.

그립다는 건
진심어린 목소리 허공에 떠돌다
뼛속까지 저며 오는 통증인가.

달빛

창가에
환하게 미소 짓는 그대는
기일에 찾아온 당신인가요.

살아생전
야윈 얼굴이 어느덧
밝고 환한 달님이 되셨나요.

바람이 드나드는 길목에서
메마른 가슴 적시며
스스로 들여다보는 심회

불안해하던 날들을 거두고
예전처럼 훨훨 날아다니라고
얼굴에 살며시 입맞춤 하시나요.

노후에 다정히
꼭 잡고 싶었던 손 놓아
사는 곳이 달라도 우리는 하나라고
어둠을 밀어내며 속삭여주시나요.

코고는 소리

향일암 요사채에서
새벽예불을 위해
잠시 쉬고 있는데
코고는 소라가 들렸다.

여느 때 같으면
짜증이 났을 터인데
도반들의 코고는 소리는
왠지 싫지가 않았다.

한평생 코를 골아
구박을 받다가
떠나가신 그대의 음성같은
그리움의 잔영……

휘영청 밝은 달빛아래
은은히 들려오는 독경소리……

가을비

텅 빈 가슴에
추적추적 내리더니
멀리 떠나간 그대 뒷모습
창연히 아른거리네.

매사에 무뚝뚝하지만
비처럼 촉촉이 젖어오는 사람
내가 힘들 때마다 차양같이
그늘이 되어 주던 사람

어슴푸레한 저 편에서
비안개를 헤치며 다가오는 듯
사뿐히 바람을 타고

추억의 비에 젖은
낙엽을 밟으며
그대는 여전히 오시는가.

바람의 손

하늘을 사모하는
봉정암 사리탑 앞에서
스카프를 날리며 스치는 바람

거세게 몰아치다가도
고요히 잠재우고
먼 길 떠나시더니
어느새 달려와 반기시는가.

대청봉 하산 길에
함께 돌던 탑을 닮은 그대가
다시 찾아오시는가.

외로움에 시달리며 삭아가는
몸과 마음 안타까워
신령한 손으로 어루만져 주시는가.

눈물

그대를 보내고
풀잎을 흔들어 깨우는 빗물처럼
쏟아지는 눈물
지극한 사랑이
꽃피우던 열정처럼 솟아오르네.

삶의 전쟁터에서 허덕이며
메말랐다 생각했는데
미운 정 차곡히 쌓였나보다.

암흑의 시간을 보내고
홀로 파도를 헤치며 거닐 때
이곳저곳에서 계속 멈추지 않고
바람타고 왔다 가는 흔적들,

보름달처럼 떠오르는 그리움으로
내면의 깊은 곳에서
은밀하게 치솟는 방울방울
행복의 결정체가 흘러내리네.

봄비

그대가 오시네
지친 몸 적시며
사뿐사뿐 내게로 오시네.

그대는 내가
간절히 기다리고 있다는 걸
언제나 아시나봐

그대를 만나면
아지랑이 속에 꿈꾸는 소녀가 되어
분홍빛 얼굴로 활짝 웃을 것을
진정 아시나봐

그대가 오시네
봄바람을 몰고 다가와
혹독한 추위를 견뎌냈다고
보슬보슬 어루만지며 내려오시네.

선암사 홍매화

힘없이 떨어져
이리저리 구르던 외로움 걷어내고

혹독한 추위에 두렵고 떨리는
어두운 터널을 벗어나
밝은 세상으로 나왔네.

뼈까지 사무치게 쑤시는
아픔을 오래 겪지않았다면
어찌 짙은 향기를 내겠는가.

시련과 고통 뒤에 보이는 꽃길
매화향기 그윽한 선암사에
도량 청정 꽃길이 열리네.

영산홍

새빨간 입술이 고와서
살며시 다가가니
앙증스런 얼굴을 살짝 돌리네.

꽃샘바람이 시샘할 줄 알면서도
끌려드는 요사한 매력,
잠시라도 못 보면 몸살이 난다네.

돌담사이에서
요염한 웃음 또르르 흘리며
나그네 발길을 멈추게 하네.

성에꽃

아침에 일어나 보니
자동차 유리에 선연히 피어 있는 꽃

밤사이 사랑의 입김 숨결이
유리벽 사이에서
혹한을 이기지 못하고
그리움이 고고히 달라붙어
찬란한 꽃이 되었네.

그러나
뜨거운 사랑이 서서히 안겨오면
가슴이 복받쳐
감격의 눈물로 흘러내리겠지요.

냉이 꽃

시금치 밭 사이사이에서
살며시 내미는 반가운 얼굴

자세히 들여다보니
앙증스런 속웃음 내보이고 있다.

비좁은 곳에서 가족들을 데리고
몽실몽실 귀엽게 올라와

순한 눈망울로 향기 가득
생기를 불어주는 봄의 전령사

끈질긴 생명력 퍼렇게 날 세워
바람결에 흔들리며 종족을 키운다.

매실 장아찌

고추장에 처박힌 채
세월을 보내더니
맛의 진수가 되었네.

뒤란의 장독대
작은 항아리 속에서
오랜 세월
비바람과 눈보라를 맞으며
침묵 끝에 수라상에 오르게 되었네.

신맛은 사라지고
새콤 달콤 거듭난 끝에
곰삭아 착 감기는
천하제일의 진미라네.

라일락 향기

승례문에 어둠이 내리면
지하도에서 종이상자로 집을 짓는
노숙자들이 잠을 청합니다.

그곳을 지날 때마다
가슴이 시려옵니다.

딸과 함께 차를 몰고 와서
김밥을 건네주고 돌아가는 여인
시린 가슴 데펴 주는 사랑스런 뒷모습
라일락 향기가 지워지지 않습니다.

소생蘇生

들깨가 약한 줄 알았는데
유월가뭄에 씨를 뿌려도
새싹들이 어깨동무하며
똘망똘망 나왔다.

방울방울 맺히는
이슬을 받아 겨우 삼키며
세상 문을 여느라
얼마나 애를 태웠을까.

칠흑 같은 어둠에서 손을 잡고
위태로운 신음소리 들으며
온몸을 밀어 올린 기특함
목숨의 무늬를 수놓았네.

아지랑이처럼

마음이 무거울 땐
바구니 옆에 끼고
들로 나가 쏘다닌다.

달래 냉이 쑥 잎들이
작은 손을 흔드는 들녘에서

봄 아낙이 되어
푸른 봄나물들을
정성껏 캐어 담으면

허기도 꿈이 되어
바구니에 가득 채워지고

어느새 아질아질
봄볕 따스해진 가슴은
아지랑이처럼 날아오른다.

제3부
채워지는 삶

채워지는 삶

푹푹 찌는 더위에
풀과의 전쟁을 한다.

누워있으면 나태해지고
겨울을 나려면
더위쯤이야 견딜만했다.

밭에서 시름을 뽑고
시를 다듬다 보면
땀을 흘린 만큼 바구니에 채워지는
수박 참외 호박 고추

행복지수가 올라가서
가슴 가득 채워졌다.

추억 한 토막

- 돼지어미

자정 무렵 돼지우리에서 그이가
어미돼지 배를 문지르고 있었다.

문지를 때마다
한 마리, 두 마리, 세 마리,
무려 열두 마리가 나왔다.

손톱깎이로 발톱을 깎으니
새끼들이 쨱쨱거리며 도망가기 바빴다.

어미 몸에서 아기돼지가 나오는 신비함에
밤이 새는 줄도 몰랐던
사진 속 추억의 한 토막

어미젖에 매달려 젖을 빠는 새끼들 모습
그이와 나의
소박한 농촌생활을 생생하게 떠올리며
만물의 어미는 위대하다고 생각했다.

서울의 거리

날씨가 아무리 추운 날에도
소공동의 거리는
연인들과 함께
사람들이 엄청 붐빈다.

가는 해와 오는 해의 교차로에서
결혼 전 그이와 나는
설레는 손 맞잡고 그 틈 사이를
비집고 함께 걸었었는데

그대는 떠나고
조금의 자유와 여유로 아른거리는
세월의 뒤안길

빛에너지 가득한
번쩍이는 레온 불처럼
화려했던 추억 속을 헤치며
이 거리를
홀로 걷고 있다.

겨울 외출

밤새도록 눈이 내려 쌓인 들길을
하염없이 걸었지.

언젠가
눈보라가 몰아치던 날에도
아쉬움을 커피로 달래며
그대와 창가에서
눈의 나라를 바라보았지.

꿈같은 시간이
차창 밖 하얀 눈 위에서
반짝이며 흘러가고 있었지.

칼바람 쌩쌩 불어도
가슴이 따뜻해지는 사랑의 불씨
기억을 더듬으며 걸었지.

옷 속을 파고드는 한기를
다소곳이 밀어내며 걸었지.

불꽃 연정

정월에
홀로 찾은 호수공원
그리움이 안개처럼 피어나는
투명한 호숫가에서
찬란했던 불꽃을 바라본다.

한때는
호수 같은 그 안에 잠들고 싶어
밤마다 애테우던 가슴
뜨겁게 품으며
청춘을 불태웠는데

멀어져간 그리움
손에 잡힐 듯
햇살에 반짝이는 빙판 위로
불꽃이 날고 있다.

더디 오는 봄

우수지나 봄이 성큼 올 듯하여
언덕아래 제비꽃을 기다리는데
야속하게 눈이 오고 찬바람이 분다.

올해는 어둠이 짙게 깔려
이별 뒤에 오는 아픔으로
추운 나날을 보내는데
찬바람마져 가슴을 파고들어
봄소식이 멀기만 하다.

갈 사람은 가고
남아있는 시가 살아서
메마른 가슴을 데펴 주기에
가슴을 활짝 열고
저만치서 더디 오는 봄을
조용히 숨을 고르며 맞이하리라.

진주목걸이

오월 어느 날
그대와 명동을 거닐다가
생일 선물로
진주목걸이를 받았다.

너무 황홀해서
문갑 속에 넣어두고 바라만 보다가
세월을 흘려보냈었다.

은은한 빛은
영혼 속에서 머물다가
구름같이 흘러온 세월

검은머리가 은빛날개 되어 휘날려도
그 빛은
오월의 신부처럼 여전히 빛나고 있다

꽃비

꽃이 필 때면
젖어드는 빗소리처럼
가슴에 스미는 그대 그림자
왕벚꽃 향기 속에 흩날린다.

꽃그늘 아래에서
서로 마주보고 앉아
행복해 하던 순간이

호숫가 잔잔한 물결 위에
은빛 날개로 반짝이는데

오랜 세월이 흘러왔어도
잠재된 침묵 속에서
하얀 설레임 같은 꽃비
화사한 추억이 쏟아져 내린다.

천리향 2

화창한 봄날
앙금에 스민 향기를
그대에게 날려 보낸다.

그대가 혹여 달려오려나
들뜬 마음 사려잡고
기나긴 밤을 지새웠더니

칼바람 살며시 밀어내고
그리움 터뜨린 붉은 미소로
다문 입 살짝 열었네.

천리를 달려오는 애틋한 가슴
꿈결이어도 좋을
뜨거운 숨결, 그 손을 잡으려고.

천리향 3

멀리 떠나간
그대가 오신다기에
설레는 가슴 주체할 수 없이
한껏 부풀어 오릅니다.

그토록
그리워 잠 못 이루던 밤
넘어지고 깨어지는 아픔을 사르며
한발 한발 다가오는 붉은 향기

서녘 하늘 엄동설한 떨치며
꿈결인 듯 꽃등을 들고
그대는 정녕 천리를 달려오시는가.

더덕 꽃

텃밭에 심어놓은 더덕 넝쿨
지짓대를 칭칭 감고
하늘을 향해 뻗어 오르더니
신비한 꽃등을 주렁주렁 달아 놓았다.

텅 빈 속 깊은 내공으로
비바람이 불어오면
잎과 줄기를 함께 흔들며 쓴맛을 만들고
햇살 아래 반짝이는 이슬 받아
은밀히 뿌리로 옮기는 지혜를 지녔다네.

마침내 꽃송이는 사랑을 담아
슬픔을 배출하고 강인하게
짙은 향속에 진액으로 고여
허약한 나를 품으며
헛헛한 가슴을 가득 채워준다네.

두려움을 떨치며

고양꽃박남회에서
수상 꽃 자전거를 타고
호수 위를 달렸다.

물밑 깊이를 가늠할 사이도 없이
물결의 출렁거림을 보니
어릴 적 저수지에 빠져서
허우적거리던 기억이 살아났다.

수선화를 생각하며
비릿한 피를 맑게 익히며
험난한 인생의 물살을 가른다.

햇살 받아 반짝이는 물결에
유년의 아린 기억을 떨치며
수상 꽃 자전거로 날았다
호수 위를 날던 백조처럼.

밭에는 보약이

호미를 들고 밭으로 간다.

밭에는 겨우내
대지의 품속에서 사랑을 받고 자란
달래 냉이 쑥 시금치 도라지 더덕이
나를 기다리고 있다.

자연의 품안에서
처음 세상 밖으로 나온 푸성귀는
원기 가득한 보약,

풋내기 농촌 시절
시어머니의 호된 꾸지람으로
터득한 지혜를 펼치며 얻는다.

저녁식탁엔
먹지 않고 보기만하여도
몸에 생기가 살아나는 봄 향속에
시어머니의 환한 미소가 피어오른다.

참외 밭에서

오월에 심은 참외 모종이
살 듯 말 듯 시름시름 앓을 때
애간장 녹는 소리를 들었을까

여행을 다녀와서 보니
노란 웃음을 머금은 채
새끼들을 주렁주렁 달고 있었다.

바람 한 점 없는 삼복더위에
소임을 다 하려고 그러는지
탐스러운 새끼들까지 올망졸망
환하게 웃고 있었다.

상처가 오히려

팔월 복중
밭에서 풀을 베다가
낫으로 수박을 찍었다.

며칠 후에 가보니
상처가 부풀어
공처럼 커진 상훈을 보았다.

상처를 훈장처럼 달고 사는
수박을 보니
내 가슴 흉터가 부끄러웠다.

열기에도 환한 미소로
원을 그리며 살아가는
그에게서 너그러움을 배운다.

쌀

밭일을 마치고 버스를 탔다
사람이 앉아 있어야 할 자리에
쌀이 한줌 앉아있었다.

보릿고개를 넘으며
쌀 한 톨이라도 귀하게 여기던
어린 시절이 떠올랐다.

생활의 무게가 낮아졌다고
생명의 끈을 놓아야 되는가.

피죽도 먹지 못해서
허공에 떠다니던 황달빛깔
파란 하늘에 부끄러웠다.

낙엽

해가 갈수록
노을빛에 어리는 그녀의 모습
무심한 세월 속에 소식이 끊어졌네.

삶의 사표가 되어 주던
노을 빛 풍모도
어느 사이 낙엽처럼 떨어졌을까

생사가 궁금한 휑한 가슴에
바람마저 잎새 안고
정처 없이 도르르 구르네.

인공눈물

눈 속에 가을이 깊었는가.

거리를 나서면
가슴 바닥에 고인 아픔인 듯
눈에서 눈물이 흐른다.

건조한 시대에 메마른 동공을
촉촉이 적셔주는 감로수
자식 잃은 어미의 가슴처럼
시도 때도 없이 흐르는 슬픔의 강물

겨울은 아직도 멀리있는데
슬프지도 않은
서글픈 눈물이 주르르 흐른다.

배나무 밑에서

우리 집 배나무 밑에는 요술상자가 숨어있나 봐요 몇 년 전부터 늦가을에 메론이 열려 애간장을 태우더니, 그 이듬해에는 수박이 열려 옆집 할머니와 갈라먹었지요 그 이듬해에는 참외가 주렁주렁 열려 여간 기쁘지 않았어요 그런데 작년에는 맷돌호박이 마디마다 열려서 적당한 크기에 윤기 자르르 흐르면 따다가 보시하기 바빴으니, 이처럼 거듭되는 행운을 요술상자가 아니고는 누가 나에게 안겨주겠어요 배나무도 스스로 땅을 헤집고 나와 꽃을 피우고 열매를 맺어 방실방실 웃는 모습을 이웃들이 보고 무척이나 즐거워하지요 넝쿨이 말라가도 달덩이 호박은 씨앗을 가슴에 담아 내년에도 보란 듯이 자손을 퍼트리게 할 터이니 요술상자 아니겠어요?

동기간

연말에 가는 해가 아쉬워
동생들과 조카들이
모처럼 한자리에 모였다.

몹시 추운 겨울밤
군불 땐 방에서
음식을 나누어 먹으며
정겹게 살 비비며 살던
촐촐한 밤 이야기로 날을 세웠다.

요즘은
겨울이 찾아와도 춥지 않고
물질이 풍족한 세상인데
마음은 그때보다 왜 외로울까

부모님 모두 떠나시고
혈육들만 남아
비가 오면 우산이 되듯
서로서로 울타리가 되어 주는 것이
허기를 채우는 일이라 생각하니
동기간이 새삼 소중해졌다.

제4부
이별의 순간

일출

바다 양수 위로
빛을 쏘며
붉은 머리를 내미는
환희 덩어리.

칠십년 만에
받아 안은 나는
가슴이 뜨겁다.

암흑 세상에서
차가운 심장을
불꽃처럼 튀게 한다.

노천온천에서

훈김이 모락모락 오르는
성모도 미네랄 온천에
몸을 살며시 담그면
삭신이 녹는 듯
이마에 송골송골 방울 맺히네.

저 멀리 마애불 바라보며
나를 돌아보는 시간,
욕심으로 가득 채운
번뇌가 빠져나가 듯
잡생각이 사르르 사라지네.

이별의 순간

가슴이 메어지고 떨리는 아픔 뒤에
고요하고 평온한 날 찾아오길 바라며
인연의 그물에 살던 딸아이를
잠시 놓아주기로 했다.

이별은 영원히 헤어지는 것이 아니고
잠시 벗어나 있다가 모여지는 것이라고

사랑이라는 집착에서 벗어나
초연하게
내 안의 깊은 곳에서 빛나는
믿음으로 감싸 안으며
기쁘게 맞이하리.

파도타기

-스트레칭

몸을 녹이는 쑥탕 안에서
바다 물결 같은 착각에
발차기를 하였더니
금세 바다가 출렁거렸다.

마치
물에 빠져 허우적거리는 순간에
밀려드는 물결처럼
나를 삼키려고 넘실거렸다.

그러나
나만의 몸짓으로 물살을 가르며
험난한 인생길을 헤쳐 나가 듯
엎치락뒤치락 파도타기를 했다.

어느새 온탕은 열기가 끌어 오르고
내 의지대로 길들여져
천근 무거웠던 몸에 날개가 생겼다.

겨울과 봄 사이

고목에서 꽃이 피어나듯이
'아장아장 동화놀이터'
수업을 준비하는데
잠자던 심장이 뛰기 시작한다.

젖은 낙엽이라고
구들장에 붙어 뒹굴면
사막의 오아시스를 찾을 수 있겠는가.

예쁘디 예쁜 새싹들과
눈높이 호흡을 맞추다보면
절망의 겨울이 희망의 봄으로 오신다.

양동마을 느티나무

양동마을 어귀에
하늘을 뒤덮은 느티나무
그늘을 드리워주면서도
속이 텅 빈 채 가죽만 남았다.

맑은 하늘에 날벼락 치듯
갑자기 천둥번개가 시작되더니
마을을 뒤흔들며 우박이 쏟아졌다.

주름이 어지러운
어머니 뱃살 같은
텅 빈 속에 쪼그리고 앉아
세상이 궁금했던 태아가 되어
하늘 양수 속에 떠 있었다.

입술을 깨물다

시집살이 새 아낙도 아니고
남편이 바람을 피운 것도 아닌데
입술은 왜 깨무나.

음식을 씹다가 번번이
이가 엇박자 되어
본의 아니게 깨물리는 입술,

유감스럽지만
아무리 쓰리고 아프더라도
참아야하는 젖은 낙엽
달리는 세월이 야속타.

허영에 대하여

쇼핑 중독에라도 걸린 듯
여자들은 유혹을 뿌리치지 못하고
눈에 꽂히면 바로 사고 또 산다.

한 번이라도 예쁘게 입을까
사서 쟁인 옷을 겹겹
버리지 못하고 빼곡히 걸어두는데
옷장 속은 무거워져
외출할 때마다 옷더미를 안고 쓰러진다.

가진다는 건
채우고 채어도 채어지지 않는 욕망
속은 비어 있어도
악습으로 떠다니는 허영의 무게
좀처럼 가라앉지 않네.

단풍보다 아름다운

찬바람이 세차게 불어오는
겨울이 오면
덕수궁 돌담길 나무들에게
누군가가 사랑의 옷을 입힙니다.

황망한 거리에서
받은 것 다 되돌려주고
떨고 있는 나무들에게
언 손 잡으며

고운 숨결로 정성을 담아
한 땀 한 땀 뜬 예쁜 스웨터를 입히면
거리는 온통 울긋불긋
단풍보다 더 아름답습니다.

깡마른 세상에 얼어붙은 가슴
온정을 베풀어 살며시 녹이는
자비의 마음
고귀한 숨결이 전해옵니다.

왕새우구이

해안도로를 가다 보면
왕새우 소금구이가 유명하다기에
아들과 함께 들르기로 했다.

팔딱팔딱 뛰는 대하를
소금 냄비에 넣고 뚜껑을 덮으려는데
톡톡 튀는 소리에 정신을 놓을 뻔했다.

구워먹으려는 甲과
살아나오려는 乙
삶과 죽음의 경계에서
서로 핏발세우며 전쟁을 하다가

잠시 후
뚜껑을 열자
발갛게 구워진 군침 도는 대하
껍질을 벗기며 선녀를 떠올리는 견우처럼
상상의 단술을 마셨다.

서울역 시계탑

시계탑아래서
배낭을 멘 소녀가
등산 일행을 기다리고 있었다.

시골에서 갓 올라온 보따리들이
부푼 꿈을 안고
낯선 타향을 두리번거리며
누군가를 기다리고 있었다.

세상이 하루가 다르게
강산이 수십 번 변하여
올라오는 보따리가 사라진 자리에
노숙자들이 누워 시간을 죽이지만

사연이 분분한 광장
명절 때면 다시
선물보따리들이 고향을 찾아가고
시계탑은 언제나 변함없이 그 자리에서
나그네 발소리를 귀담아 듣는다.

소나기 오는 소리

비가 내린다
사선으로 소리치며
양철지붕에 쏟아지는 소리
선율을 따라 허공을 맴돌다
가야금을 튕기며
잠자는 영혼을 흔들어 깨운다.

잿빛 하늘에서
심장을 조이듯이
허상 속에 떠오르는 번뇌 망상
적막을 뒤흔들며 쏟아지는 목마름
애간장이 녹아내린 눈물의 홍수
그리움은
해금이 되고 몸짓이 된다.

별밤

문득 언니 생각에
별이 총총 박혀있는
밤하늘을 바라보는데
멀어져간 그리움이 다가오네.

언니랑 평상에 누워
밤하늘의 별들을 헤아리다
유난히 크게 빛나는 별을 가지고
언니는 언니 별,
나는 내별이라 우겨댔다네.

할아버지 담배 연기 속에서
여우 나는 산골얘기를 들으며
도깨비 방망이 얘기도 들었었지.

지금도 아련한 꿈속의 밤
천진난만했던 시절
별이 있어 행복했다네.

해당화

바닷가에서
바다를 바라보던 그 사람

멀리 떠나간 그대,
잠결에도
속삭이는 귓속말을 듣는다.

모래밭에 뿌리를 박고
수평선을 바라보는
애절한 가슴

파도가 철석일 때마다
떨리는 마음
달빛으로 그리움을 적신다.

나비야 청산가자

연말을 맞이하여
'향유의 집' 에서
중증장애인들이 연극을 합니다.

한쪽 팔을 흔드는 사람
무릎으로 기어가는 사람
삐뚫어진 입에서 침을 질질 흘리는 사람
발음이 새어나와도
자신만의 몸짓으로 흥을 부릅니다.

부자유한 몸이지만
정성을 담아
비상의 날개를 펼칩니다
나비야 청산가자고
자기 멋대로 춤을 춥니다.

선풍禪風

하늘이 미세먼지로 뿌연 날
오대산 북대암을 찾아갔더니
덕행스님께서 맑은 미소로
반갑게 맞아주시며
까만 목반 위 하얀 찻잔에
맑은 녹차를 내어주셨다.

이런저런 대화 속에서
잔잔하게 미소 짓는 스님
눈 덮인 오대산 고지에서
찬 기운을 밀어내고
따뜻하게 품어주시는 스님의 미소는
장독에 내리시는 봄 햇살이었다.

차 한 잔의 여유

-월정사에서

월정사 찻집에 앉아
계곡의 물소리 들으며
대추차를 마신다.

오대산 정기를 받아
흔들리는 마음 바로세우기 위해
오래전부터 시작한 철야기도,
속세를 떠나 마음을 가라앉힌다.

노을을 바라보며
혼자 있어도 외롭지 않은 여유
녹차 잔에 숲길을 달려온
전나무 향내를 함께 얹어 마신다.

목도리

옷장을 정리하다가
그이의 목도리가 나왔다
목에 둘러보니 포근하고 감미로웠다

겉으로는 무뚝뚝하여
영 다가가기 힘든 사람
떠난 뒤에 생각해보니
속마음은 따뜻한 듯 싶다.

그대가 감싸주던 손길
그 포근함을 안고
시끄러운 세상을 향해 길을 나선다.

조강祖江의 자서自敍

마지막 하류의 강물로 만나리
남과 북의 물결이 하나로 만나리
미움도 흘러흘러 화동으로 만나리

이유 없는 미움이 들끓는 시대
마음이 조각조각 갈라진 시대에
용서와 화해의 사랑으로 만나리

태백시 감룡소에서 발원한 강물이
천리를 굽이굽이 서해 염하강까지
자유와 평화통일 강물로 만나리.

눈으로 건네는 인사

- 요양병원에서

소공동을 거닐다가 문득
병석에 누워계신 장용준 선생님 생각이 났습니다.

수필가이자 철학박사이신 고 이종화 선생님과
셋이 만나 점심을 하고 지하다방에서
커피를 마시며 문학의 꽃을 피웠었는데
어느 날 갑자기 병석에 누워계셔서
말없이 눈인사를 건네셨지요.

가까이 다가가서 손을 잡고
눈을 맞추면
깊은 동공 속 아득히 먼 기억을 건져 올려
활짝 웃으시며
"점심 하고 가셔요"
떨리는 손으로 종이에 적으십니다.

사바세계의 인연 늘여서
눈인사만으로도 봄바람 따라
어둠의 터널을 벗어나시어
자유롭게 훨훨 날아다니소서.

생명연습

초판　　1쇄 인쇄일 ｜ 단기 4352년 (서기 2019년) 5월 7일
초판　　1쇄 발행일 ｜ 단기 4352년 (서기 2019년) 5월 12일

지은이　　　　　｜ 김복희
펴낸이　　　　　｜ 황혜정
인쇄처　　　　　｜ 삼광인쇄
펴낸곳　　　　　｜ 문학사계
　　　　　　　　　등록일 2005년 9월 20일 제318-2007-000001호
　　　　　　　　　서울시 송파구 강동대로 61-4, 2층
　　　　　　　　　Tel 02-6236-7052

배포처　　　　　｜ 북센(031-955-6706)

ISBN　　　　　｜ 978-89-93768-56-5
가격　　　　　　｜ 9,000원